歌集

雲の行方

上野春子

六花書林

雲の行方　*　目次

装画　上野純雄
装幀　真田幸治

雲の行方

雲の行方

あの雲の行方を知っているのなら鳥よ帰らぬ人に告げてよ

垂れている雲の重さを知らぬ気に空はゆっくりたそがれ始む

生真面目な男《やつ》に一つの勲章の如き不埒な恋のありけり

人に見する恋など知れているものを闇に白粉花《おしろい》香りを放つ

娶らざる男がひとり珈琲の豆を挽きつつ人の妻恋う

家ごとに発条仕掛の幸福がありて主がぜんまいを巻く

ねじ式のおもちゃはとうに消え果てて螺子を巻き切る指のみ残る

瓶詰の幸福売っているという御伽の国の百円ショップ

指の間を濡らしながらに桃を食む少女よ未来は遠くにあらず

さみしさを知らぬ少女がはずす時胸のボタンは海へと飛べり

野の涯は知らねど風は真っ直ぐに胸を反らして進みてゆけり

行先をとっくに決めている如く雲は流るる雲の子連れて

天上に虹の匂いを嗅いでいるアリストテレスは黄の色が好き

消えてゆく虹に紛れて天上に堕天使一人戻りてゆけり

空の深さ

青空の青に両手が染まるまで掲げていよう指先伸ばし

悲しみを吸い込む度に青を増す空の深さは誰も知らない

ぽっかりと開いたる胸に少年の日の青空の青を詰めよう

純白のままでいたいと願っても雲の逃げ場は空しかないぞ

気まぐれな風に預けし言葉ゆえ返事を待たず木の葉は戦ぐ

藤棚の下で別れを告げし日よ清き心は美しからず

愛された記憶はいつも悲しくて蛍は息を合わせて点る

嘘つけぬ冷たき人よ紫陽花は色変えながら雨を誘う

さよならと言えば終わると限らない嫌いな者は縁《えにし》が深い

明日より今日が大事さひとり食むおらんだ揚げはピリリと辛い

手の内を教えてみても同じこと無神論者に神不在なり

この夕べ黒衣の人の現われて冷えし柘榴を手渡して去る

熱きまで人の死願う夕まぐれ庭面に種を飛ばすかたばみ

生国を問うてみたとて何になる架は路傍に命を繋ぐ

青の時代

主なき後は何処へ行ったやらゴッホの部屋の黄色の木椅子

一本の青きえのぐがありしのみ青の時代の貧しきピカソ

いつしかに体内時計狂いたるダリの晩年独りに過ぎつ

お出かけのシャツの胸元飾りしは中也拾いし緑のボタン

ゆやゆよーん風の吹く日は天上で中也がぶらんこ漕いでるそうな

標なき旅と知りつつゆく雲よ空の真ん中そらも知らない

気まぐれに回っているんじゃありません軌道はずさぬ生真面目地球

まん丸な地球に裏と表なく用なき人はこの世におらず

月なき夜明けて地蔵の唇に真っ赤な紅が点っていたよ

破られることを願っていたのになあ約束守る野暮天ひとり

惚れ薬飲ませてあの日落としたる男に効き目薄るる頃か

遠き夜に鉄砲百合が火を噴きて男《やつ》の心が点ったそうな

噂にもならず終わりし恋の草小さな花は枯れずにいるよ

胸の内眠ったままで開かないうす紅色の合歓があります

骨のなき身にも一本筋通し水母は海に汗を流せり

南へと帰る燕が落としたる涙が鯨の背中を濡らす

朝やけの空指してゆく鳥一羽群になき夢捜すと言いて

群衆に紛れて我を見失い我と我とでするかくれんぼ

もの憂さの晴れぬ頭を真っ直ぐに首に支えて巷を歩く

黄昏の二十世紀に行きおうて破れ饅頭餡より食ぶる

信長の帽子

信長の帽子被りてとある日の留守番楽し藤吉郎は

角あれど甘く尊し金平糖《コンフェルト》信長舌に遊ばせたりき

昔からむかしむかしがありまして本当の昔誰も知らない
かの皇子が石激垂見春の野の地面踏みしむる音の聞こゆる
水時計使いし皇子が移りゆく水見つめしか若き眼に

清正の位牌先立て細川は熊本城に入りたりしとぞ

洋犬と交配重ね土佐藩主山内容堂闘犬をなす

老一人守りし傘屋老死にて赤き屋根持つアパートとなる

晩年はいつからだろう十三夜月の色したジュースを飲めり

思い出の品といったらあの時のパインジュースのキャップでしょうか

何ということなく捨ててしまったさ使い切れない若さをあの日

腹ぺこの雲

あの空に飾った詩なら腹ぺこの雲が残らず食べていったよ
幸福を落とした海はどこだっけ波間覗きて燕は帰る

波荒き「嵐の岬」改めて「喜望峰」とすジョアン二世は

天敵のなくて翼を失くしたるガラパゴス鵜は海に遊べり

シンバルを鳴らす如くに朝の日が立夏の空を上りてゆけり

いくつもの夏の思い出詰まってる白を積み上ぐ積乱雲は

夏空の彼方に秋が来ていますす緋の衣纏い足踏みをして

神様の居場所は天と限らない地面の下を清水が流る

秋の黄砂

いつだって風は一人で吹いているさみしき者の洞をめがけて

さみしくはないが胸にはひとひらの言葉を入るる空間《スペース》がある

砲揃え鉄砲百合は立っている引金引けば花粉が爆ぜる

ためらわず引金引けよ撃たるるを待ちいる胸がほらそこにある

一度だけ後姿をみつめてた秋の黄砂の降る街角で

昼月を濁して空を覆いたる黄砂よ西に事変はあるか

西の方雲を押し上げ空の窓開いて小さきそらいろ覗く

平凡で小さきものよ幸福は千鳥饅頭ちどりが一羽

少年の唇赤し一文字結ぶよ秘密洩らさぬように

もう僕は天使じゃないよ背に残る翼の跡はまだ痒いけど

汚れたる翼は誰にも見せられぬ黒衣纏いて天使は歩む

担ぎ手のなきおみこしの如坐る片恋抱く漢がひとり

諦めてしまえば楽になるものを起き上がり小法師また起き上がる

夜の闇押し分けながら遠き日の煤を吐き出す飴屋の煙突

御法度の掏摸《すり》にその身を養いし仕立屋銀次小指短し

罪の数かぞえて罰の数かぞう帳尻合わぬ一生もあるさ

異界へと向かう如くに点らざる橋を渡りてゆく人のあり

笹舟

父さんが作ってくれた笹舟に乗って蛍は旅立ちました

出発の合図にぽおと身を点し蛍は朝の国へと向かう

ほうほたる甘い水などないけれど今宵飛び来よさみしき胸に

胸の中覗いてごらん傷のないきれいなままのただの洞だよ

垂直に胸に下ろした言葉なら深く沈んで離れぬでしょう

一滴のポワゾン落とし生ぬるき愛を壊して生きたきものを

恋情の薄るる時は螺子を巻くねじ式恋人一体が欲し

あの角に立っているのは五郎さんアロハの中に波が渦巻く

近道のつもりが廻り道をして見知らぬ花を摘んで帰りぬ

口紅がぽっきり根元より折るる今日の運勢色事異変

内緒だよ空が囁き窓の辺に粉雪降らす夏の夜更けに

潮風が運んでくれたお話に海を夢みて木は背伸びする

あの海へ行けたら貝になれるのと枝を離るる花びら一つ

いくつもの風を乗り継ぎ花びらはまだ見ぬ青き海を目指せり

六連星

志抱いて荒野を進みゆく蟻を照らせる六連《むつら》の星が
去りゆきし燕のことは忘れよと秋の黄砂が西空覆う

南へと帰る夢など忘れたと越冬つばめ雪を啄む

気まぐれな天使がそっと口づけた薄紅色の雪のひとひら

溶け残る雪は天使のつぶやきさ繋げばほうら詩《うた》になったよ

かの冬に理科実験室に生まれたる恋を見ていし粉雪小雪

青空が草に落とした涙からイヌノフグリの花生れしとう

苺摘む指ならそっと濡らそうか妖精乗れる雨粒ひとつ

あの人の心変わりは知っている高く飛んでもひばりはひばり

この翼なければもっと軽かろにひばり鳴きつつ高空を飛ぶ

木に告げた思いは鳥が啄んで朝焼け空に撒いていったよ

赤き小箱

胸に置く赤き小箱にしまいたる十三歳の夏の日の夢

遠き日の柱時計が鳴ったよな秋の空気の緊まれる部屋に

石鹼液母に貰いて麦藁に吹きしまあるいシャボンの玉を
麦藁のストロー使い粉末のジュースを飲みき昭和の昔
ほおずきを鳴らしてみても還らない幼き日々の夏長かりき

置薬ハノトモリンの効き目なく泣いて歯医者に通いし日々よ

亡き父とただ一度行きし銭湯に飲みしフルーツ牛乳美《は》しき

塩つけて春に食みにき夏みかん酸強くしてほの甘かりき

好きな人二階に住んでいたっけなあ川辺に残る木造アパート

天敵の林洋子がハイヒール鳴らしながらに信号渡る

宗教の勧誘人は紅ささず白きソックス履きて清けし

春の疾風

生真面目な男《やつ》に似合いの白いシャツ春の疾風《はやち》がめくりてゆけり

野暮ったい奴は心底嫌いですつばめは風の言葉を訳す

たった今生まれし風が甘やかな少女の髪を捜しにゆけり

純愛は勘弁してね托卵を終えて空ゆく郭公一羽

花魁になりそこなった遊女かも遊郭跡の道の野茨

野の花を摘み来し指を愛《かな》しみしマルク・シャガール妻に遅るる

美しい話はいつも悲しくてアンデルセンは独りに終わる

旅立ちの日にはやさしき風が吹く絮毛の坊や支度はまだか

雨に負け風に負けつつ育てたる意地が小さく我を通すなり

懐の深さを測る巻尺の目盛は言の葉でできている

グーよりもパーが強いよ広げたる両手に受くるもの温かし

サロンエプロン

真っ白なサロンエプロン蝶結びしっかりむすぶウエスト締めて

アイスにて作る花びら薔薇一輪皿に咲かせて振る粉砂糖

三升の米を馬穴にまず研ぎて始まる日々の一日の仕事

月替りメニューの仕込み先月は海老剝き今月ゆで卵剝き

熱湯につけられ冷水浴びせられトマトは皮をするりと脱げり

常連の顔もいつしか変わりゆく職場に五年昇給のなし

かき氷終わり今日よりマロンフェアメニューの上に来る秋の色

風体を引いて暈るを新人に教えてクレープ生地の仕込みす

四十円時給上がりて元気よく運ぶよスープこぼさぬように

常よりもサンドイッチの多く出て袋いっぱいパンの耳貰う

帰り路のバスに匂れるパンの耳ハムとチーズの切れ端混じる

姑逝く

検診の後のナースのいぬ時を計る如くに独り死にきと

義母を看に通いし道に塩屋あり煮豆屋ありて銃砲店あり

煮豆屋の煮豆の匂い木枯らしに乗って師走の往来に出づ

元禄は利久箸より安価にて売らるるあわれ割箸なれど

電柱に凭れて泣いている背を春の夜風がなぶりてゆけり

莫大小

カーブ曲がるバスの窓より見上げしは莫大小と書かれし看板

莫大小はメリヤスなりとバスの中亡き父教えき幼き我に

亡き父は店にメリヤス商いきスーパーいまだなき時代《とき》にして

大きくも小さくも莫《な》き莫大小《メリヤス》は今も残れどその文字はかな

チンドン屋サンドイッチマンいたっけなあポストは赤く立っているのに

電柱も子らと一緒に遊んでた昭和の道の夕やけ小やけ

陸軍堂海軍堂とありたるが陸軍堂の残りて古りつ

旧道に残る山下米穀店山下君が米運びおり

釘箱に林檎箱より抜きし釘亡き父しまいき曲がれるままに

反古をもて縫りし紙縒に亡き父は伝票綴じき記帳を終えて

団栗

どんぐりを拾う林も子もなくて秋は窓辺に頬杖つけり

兄沼は埋め立てられて弟沼涸れ果て二子堤の消ゆる

出雲へともうお出かけになりました十月朔日神棚広し

閑散となりし商店街にして鈴蘭灯が明るく点る

辻占が客待つ間拡大鏡当てて己の手の平見おり

うす笑いうかべて浮ける昼の月来世に持っていくもの一つ

好きそうになれない人もいつか死ぬ歩けば丸し地球の上は

歩みならいつも遅いがお日様が背中ゆっくり温めくるる

どの空に浮こうと雲の勝手だが影落とさるる山の迷惑

霜のなき霜月夏日の立冬と我に嬉しき地球の変化

弱腰の冬将軍がなかなかに南下せぬまま師走も半ば

威儀正し阿蘇の五岳は坐りおりその頂に雪を被きて

私は規律正しく生きてます卓の水仙背丈を伸ばす

差出人不明の賀状この人か歌稿校正曲字の歌稿

上下ある人の世なれば上を向き下向き横も眺めて歩く

人間が好きで人間嫌いですつむじ風にはつむじが二つ

人を恋う心とっくに捨てたけど仰げば悲しまたたく星は

成層圏までも飛んだとうそぶける蝶々の羽に残る星屑

夫待ちているる薔薇茶に開くばら愛という語は遠くにありて

何となく覗いてみたい臍の中昨日という日が詰まっているよ

散薬の臓に散りゆく頃おいか赤き火花が走ったような

わが生の定まる気配いまだなく糸瓜の蔓は空を摑めり

かの松に天女が架けし羽衣は風に吹かれて水母となれり

へばりつく地球丸いか四角いか足の無きもの地面を這えり

暈かぶり月は今宵もしらんぷりどこの乳房か青く点るは

淋しさはいつも一人でやって来る人の心に居場所求めて

父の夜話

遠き日の父の夜話　又右衛門、武蔵、十兵衛、塚原卜伝

死ぬ時をただ待つのみと言う母が五年日記を本棚に置く

幸運を使い切りたる安けさに母は長寿の道を辿れり

男児得ぬことを嘆きし亡き父が教えてくれし軍艦の名よ

財政と孤独の星の水星人我に家族のありて財なし

誘眠剤飲みて眠りを待つ間にネル・タルタランという名の浮かぶ

生活のリズム崩れて崩れたるリズムが常のリズムとなれり

平等に且つ不平等に神様はいるふりいないふりをするなり

女子高生追い越し踏める主婦用自転車《ママチャリ》を黒き爺ちゃん自転車《チャリ》が追い越す

廃屋と思いし家に一本のずぼん干さるる滴垂らして

夕暮るる桔梗の紫色よりも淋し気に立つ美しき横顔《は》

約束を覚えていたる指がまた疼き始むる雨降る夜は

胃の中に溶けたる筈の丸薬がまるきままにて体を巡る

お上手は下手と同じさ昼下がり隣の瓢簞風に揺れおり

目を細め陽の照る道を歩みおる蟻が小さく欠伸をなせり

禁止手を使って運命引き寄する女が角を曲がりてゆけり

デパートの屋上隅のお稲荷さんデパートガールが手を合わせおり

窓少なき家と思いて過ぐる時窓より人の顔の現わる

春の鬱纏いて歩む巷には紙の桜が風に鳴いてる

そう言えばいつも笑顔があったっけ壮年の父壮年の母

今生に会うは前世に会いし人　人の縁《えにし》は人では切れぬ

出口なき迷路はいつも美しき花に飾られ人を誘う

かくれんぼする子を待ちて押入の闇が小さくイんでいる

物置に今も時間を刻みおり柱なくせし柱時計が

亡き父も生まれ変わりて何処かでごはんを食べているかもしれぬ

亡き父が母に買い来し老眼鏡つるの赤色美しかりき

指鉄砲

指鉄砲引金引けば一連の言葉が胸を射って詩となる

引金を引く瞬間は目を閉じよ指鉄砲は愛を貫く

月光を巻き込み球を太らするキャベツは夜を眠ることなく

折紙の兜で節句飾ろうか息子は母に似るろくでなし

休日の一日籠りてセールスの電話に遊ぶ嘘を混じえて

何食わぬ顔とはどんな顔なのかバナナ食う顔してバナナ食う

占いの裏をかくがに幸運がふいに逸れゆくいつものように

黒失くし白を貰いて白失くし黒を拾いてさす黒日傘

新妻の如くに白きエプロンをつけてふわふわオムレツ焼けり

掃除機をかけ拭掃除風呂掃除今日はくるくる働きました

お醤油に煮しめられてもぐずぐずと芯に白妙残す大根

豊肥線豊後が下り肥後上り今日は下らん豊後竹田へ

トンネルを出づれば阿蘇の山々を跨ぎて春の大虹かかる

幼き日花見をしたる竹田城今日は来たりぬ葬りを終えて

安定の具体の如くに坐りおる文旦一つテーブルの上

光秀の無念は誰も語るなく黄金《こがね》の色に金柑は生る

異星人ヒトの残せし足跡をのせて昇れり月がまあるく

秋天

秋天にとり残されし鯉幟胸張り泳ぐ秋風吸いて

何かしら期待している夕まぐれ宅急便が隣に届く

無心とう心知りたく鍋薬缶磨いていいます磨き粉つけて

七味より一味が辛い鍋の中いびり蒟蒻いびられ踊る

赤色のケチャップ黄色のマヨネーズソースおいらはただのまっ黒

台風の置き忘れたる星一つ南の空の低きに坐る

さみしくて振り返りたる丘の上欅が戦ぐ手を振るように

もしかして過去より未来長いなら道草食ってゆっくり帰ろ

「牙」台湾大会

路上にて物売る中の一人なる陳《チン》さんの売る宝くじ美《は》し

秋陽射す路上に車椅子を止め蘭の花売る青年のあり

「汽」は車「気」はバイクにて「気」の文字の看板多し台北《タイペイ》の街

赤色と緑のポスト並びおる赤のポストは航空便用

片仮名のなき国に来てカタカナに直して読めり維納をウィーンと

台北の街に溢れている「牙」は「晋大牙醫診所」即ち歯医者

モノレール止まるを見れば南京東路《ナンキンドル》駅あり我の頭の上に

スーパーを捜しあぐねて立ち止まる敦化北路《ドンファアペル》一一四に

マラソンランナー

虹の輪に向かう如くに最終のマラソンランナー走りてゆけり

形なき心に軽重などあらず風は風道律気に進む

眠らない兎相手じゃ勝てないがのんびりゆけば山路も楽し

餅搗きを忘れて地球見て跳ねる月の兎はいつでもひとり

餅搗きはもううんざりだ地球より届くお団子兎は待てり

「花よりも団子を人は喜ぶ」の看板に笑う行きに帰りに

おやここにいつから立っているんだい夜を点れる自動販売機

うどん屋の面接受けに行きし友そのうどん屋に顔見あたらず

八百屋やめ死ぬばかりよと言いいしがお菊ばあちゃんアパート建つる

お米屋の御隠居死にて元旦の隣保に日の丸見ることのなし

石山の石切り尽くし石切りの隣の主転職なせり

松虫草生うるが中に丈低き地蔵が立てり地蔵峠に

山頂に雨雲来たりややありて雨降らすなく離れてゆきぬ

天上で碁を打つ音のしたような父の最後の碁敵の逝けり

石田さん入院〈服部胃腸科〉

用を足す間に三滴ほど落つる点滴携え先生戻る

外れ券楊枝花紙空封筒長酣居主人机下散りぬるを

長酣居主の留守につまみ食いいかなごくぎ煮に芦屋が香る

石田さんあの病室にいたっけなあバス より仰ぐ五階の窓を

先生が入院したる縁《えにし》にて用足しに寄る服部胃腸科

縞の腹掛

野暮天のおいらも縞の腹掛さ今日の地蔵さん胸張りて立つ

くるくるり雨傘回しゆく老よ恋など拾ってきたのでしょうか

不器用な男《やつ》もいつしか人の親猫背の背に子を負いてゆく

へなちょこの球はしっかり打てないと知ってへなちょこ投げくるあいつ

めくっても裏がないほど薄っぺらいい人だけど好かれぬ人よ

革命家なりしカストロ老いづきて転べば即ちニュースとなれり

「アベ・マリア」ボーイソプラノに歌いしが青山君は僧になりしと

割るるほど頭が痛いというけれど頭痛に頭割りし人なし

かつてわが働きし店に売られたる下駄が歩めり花緒新橋

じゅんちゃんの咲かす朝顔あやさんの夕顔いずれ独り身の庭

道草をしてきたんだねスカートの裾に木の実がほらついている

お日様が一人店番しているよ無人販売椅子に坐りて

寝転んで仰ぐものなりあおぞらは瞳いっぱい青を満たして

石田さん入院〈市民病院〉

北病棟六階十三号室に空《くう》をみつめる男がぽつん

ベッドには手帳、爪切り、モンブラン、競輪新聞、グリコキャラメル

夕光を纏いながらに滴一滴点滴落つる遅き速度に

搬送を終えて病院離れゆく車体の美《は》しき救急車あり

天童ゆ来たる青菜《せいさい》長酣居庭の香母酢の酸に青増す

手に痒み残してくれし大和芋武蔵妻沼の風狂の土

みつゑさん使う丸善謹製の原稿用紙の枡の金色

塩醬油小葱に味の素少々師匠十八番《おはこ》のこの卵焼き

薄荷飴

薄荷飴嚙みつつ帰る夕まぐれなんにもなかった日なんてないさ

天一つお日様一つ魂の一つ宿れる体がひとつ

美しき悪に誘われ堕ちてゆく奈落の底は天へ と続く

死んだふりしているような顔覗く棺に白菊納めんとして

紅白と黒白《こくびゃく》 いずれ白色は添えの役目を果たせり凜と

白菊に囲まれおれば棺桶に入ったようで何か清しき

両の手を広げながらにキューピーは素足裸の姿に立てり

蛇口より金貨出てくる夢醒めて厨の蛇口我はひねれり

卒寿まであと一息の母の繰る毛糸の玉が床に転がる

亡き父の戦話《いくさばなし》の一つにて徴兵検査甲種合格

意固地なる伯父の好みしまん丸のチャイナマーブル嚙み難かりき

子の故に縁《えにし》を得たる北海道栃木茨城兵庫に小倉

九州を逸れてゆきたる台風が子の住む関東目指しいるとう

近道は警察裏の通り抜け板塀破《や》れし所を潜る

お財布を開ければにっこり笑ってる金の稲穂の五円の玉が

安価なるものは丈夫で高価なるものはひ弱し植物にても

弁のたつ人の弁する様何か九九を唱うる童の如し

あんぱん

あんぱんは丸と決まっているんだよおへそに芥子粒三粒のせて

手強くてきっちり角を立てている四角四面の食パンの耳

ほんのりと甘くてちょっと塩のきくむかごごはんは土の匂いす

神様が笑っているよお空からカンカンカンと陽が降り注ぐ

背を伸ばし歩幅を広く両手振り歩む一月一日の道

石垣の間の闇の奥深く晩冬の陽が温めている

店頭に苺大福桜餅奥に進軍待つ柏餅

細いけど柔じゃないよと背伸びする蔦は身を曲げ花を咲かせて

米二キロ洗剤一箱消費して息子去りゆく休暇を終えて

親の顔見たいものだと幾度か一人息子も言われただろう

善人の顔して母の日という日近づく赤き花携えて

楠若葉光集めて戦ぎおり背丈ゆっくり伸ばせばいいよ

風聞は偏西風に攫われて思わぬ方へ流れてゆけり

みそ汁に玉子落として一寸だけ贅沢したよな夫いぬ朝餉

駱駝の夢

銀の靴履いて駱駝は海に行く夢をみている月なき夜に

ゆっくりと傘を広げて星月夜木の子が森に唄を歌えり

母さんがうたってくれた子守唄忘れた歌詞は土竜にお聞き

土のない国からやってきたというガラスのとんぼアルミのみみず

落とし穴落ちてそのまま突き抜けて地球の裏へ行ってみようか

満月に踊り出したる影連れて帰ろう星もリズムをとるよ

夜中には一段増ゆる階段がありき木造校舎の中に

今日という日も遠き日の一日とならん地球の残っていれば

旭巻食《あさひまき》べれば腹にお日様が照ってるようで温かくなる

春偏に人という字が歩みおり鼻歌うたい両手を振って

裏返し服を着て来し春の街縫い目も温き日を浴び笑う

ゆうるりと春の彼岸の日の動き墓石の影の一回りする

猿田彦指差す方は霧かかる行ってみようか何も持たずに

満月に引かれるようで橋の上軽くなりたる体を運ぶ

もしかして中也躓きたる石か湯田温泉の一つ石くれ

焼酎の割り方なども覚えつつ「牙」会員歴二十年を過ぐ

右にガム左ポッケにチョコレート入れて主宰《おとこ》は歌会を巡る

大黒さん

大黒さん担ぐ袋に詰まってる福を見た人だあれもいない

幸福は白い袋で運ばれる大黒さんよサンタクロースよ

知らぬ間に消えてしまいし肩の荷が誰かの肩に止まりておらん

あざなえる縄の如くにいかぬもの禍禍禍禍禍禍と一生は過ぐる

足踏みをしつつ大きな運命がドアの向こうに立っているかも

三十年絵描きの女房しているがご飯はかかさず食べております

風水に従い西に黄の布を置けば夕べにバナナが届く

夢中また霧中なりけり闇くもに走りて道を出れば手に花

羊雲一匹横にはぐれ雲空に道あり脇道のあり

過去世にてわが作りしかいびつなる土器が坐れりケースの中に

見つかりし眼鏡はすでに役立たず老眼すすむ我のまなこに

心の洞

ふいに来て心の洞を押し広げ見するものあり長くおらねど

こんな日は穴を掘ろうか魂をしばらく穴に閉じ込むるため

瘤作り虚を抱きて蔦這わせ捩れながらに木は立っている

私はここにいますと道端の草生が中の赤き空缶

草の花摘みては帰る野辺の道天上天下我唯人《ただのひと》

まだ生きていたのか今日は腹の中顔を出したる弱虫小虫

寝てる間に誰かがねじを締めるから朝はいつでもカチッと起きる

故知らぬ笑いこみ上げコロッケの衣をこぼす昼餉の卓に

汗かきて作り汗かき食むカレーカレーは天竺由来の食ぞ

高級化するなトマトよ丸かじりすれば広がる青き匂いが

口中を爆撃機の飛び交いて虫の食いたる歯を削らるる

約束を破った罰の針千本男《やつ》の喉《のんど》に突き立てようか

吐き捨てし言葉が人に拾われて輝きながら巷を巡る

花の香に酔ったふりして目をつむる地蔵が辻に聞き耳立つる

おあいこがずっと続けと願ったよジャンケンポンのあの子の指が

あやとりの舟に艪もなく船頭もなくて漂う糸の川面に

思い出の隅に転がるサンダルはかの夏浜を駆けしサンダル

墓三つ参りて里の仏壇に参りて盆の一日を終わる

墓誌記す戦死と殉死の違いなど大人に聞きし遠き夏の日

鮮やかな供華はみんな造花だよ墓地の上空鳥が群るる

しんがり

しんがりは向きを変えれば先頭さ蟻の行列歩一歩一歩

おやすみはないが勤めの日もなくて魚は眼閉じずに眠る

正座して背筋伸ばして論語読む如くに夫漫画を読めり

耳削ぎしゴッホと耳を削がれたる芳一ともに耳なく終わる

線香に火傷し鎌に指を切り秋の彼岸の墓参り終う

触れぬまま離りし人よすでにして秋冷及ぶ舗道の上に

落としたる恋の心の切れ端が路上の風に吹かれて乾く

俺だっても少し長く点りたい信号の黄はまばたきをせぬ

単純なものは時には恐ろしも例えば日本国旗日の丸

還暦の時の来たれば異変ある予感のありて待つ還暦を

改行の為所ならんここいらが握る鉛筆芯丸くして

追悼　石田比呂志

凍えたる空に張りつく柄杓星一つ雫の零れたような

寒北斗ぐらり傾き星一つ光を曳きて海中に落つ

主なき庭としなれる長酣居鹿の子の百合の咲きいる頃か

形見なる定規使いて線引けど線は歪みぬ常の如くに

終点の健軍下車後徒歩十分長酣居ありき石田さんありき

銀河

淡々と冬の銀河の横たわり我は残生を渡り始むる

残生また未来なりけりシリウスの坐る巽の空の明るし

からっぽの塩壺の如さみしくて嫌いな人の名前を呼べり

もの二つ合えば音立て熱生ずたとえばグラス手の平こころ

口車乗ってみようか夕まぐれくびれの足らぬ瓢簞下がる

アメリカ屋鳩屋俵屋陸軍堂海軍堂もありきこの町

馬◯ショに正油とキャ別伝票に亡き父書きしああ八百屋文字

天上の父が碁石を落としもしか溶くることなき雪のひとひら

飛火する如くに闇が我が胸を出でて隣の胸へと入る

欠伸する時に心は空となり思わぬ人の俤入る

火種ならとっくに消えてしまったと冷たき手にて金を握らす

国旗掲揚台の上にてしお垂るる国旗起こせよ春一番よ

木枯らしに消された筈の足跡が春の陽気に浮かび上がれり

運ばれてくる幸福を待つ如く少女の像は両手を掲ぐ

合歓

葉の眠る間に紅深めゆく合歓の花びら夕べ騒立つ

暮れそうで暮れない宵のじれったさ白粉花ははやも匂えり

粗塩に揉みし肥後茄子手に力込めて搾らんその紫を

客足の遠のき営業時間減りパートの吾の賃金の減る

幼き日庭に埋めし宝箱うつし絵、タイル、ガラスの欠片

自ずから開く時には音たつる野の花火花人の世の花

ひっそりと水は氷に変わりゆく四角四面の製氷皿に

居心地の悪い幸福打ち捨ててなじみの孤独引き寄せようか

門前に入居者募集の幟旗リフォームされし亡き師の借家

ひょっこりと亡き師現わるる気配する坂の上なる肋骨雲よ

ぽおしゅっぽ雲の機関車煙吐き猪の子雲乗せ蝶々雲乗す

海に影落として飛べる蝶の汗一滴零るその影の上

青色のズボンがいつも干されいる市営住宅B棟五の5

コイン式自動精米機はコインのみ使用可にてお札不可なり

冬　蛍

言葉より心を先に覚えたのはぐれ蛍は街に点れり

街川の水の苦さよ同じ水飲んでもなれぬ同じ人には

清らかな水が最後に欲しいのと冬の蛍は雪を啄む

孤無孤無と狐鳴く夜は膝を立て足の爪切る音弾ませて

二親はとうにいないと子狐が月の明りに深爪をする

粉雪も冷たかろうと北風が蝶の背中に息吹きかくる

冬眠を続くる愛をゆり起こせ雪が冬冬《とうとう》扉を叩く

手づかみの愛を下さいまっさらな心のままで待っております

九九唱え猿丸大夫分け入りし山に木耳みみたぶ広ぐ

弘徽殿へ渡る女御の落としたる水菓子の音聞こえたような

遠き世に生れし如くに風の吹く野にりんどうの花咲き出づる

うす墨の衣を纏いゆうぐれが音なく降りる誰の上にも

嘴に男《やつ》の喉《のみど》を貫けよ息吹き入るる鶴の体に

真っ直ぐにあの窓指して飛んでゆけ折鶴放つ夜の空へと

辻占に長寿と言われ帰る道素っ首を打つ木枯らし一号

似て非なる三和土と和三盆三和土消え和三盆残る大和島根に

文化鍋東京箒都履みやこは遠き憧れなりき

蝙蝠傘

下駄鳴らし蝙蝠傘《こうもり》さして路地をゆく亡き師に今宵出会えるような

助詞一つ選びあぐねて飲むワインずっと昔のボジョレー・ヌーボー

コンパスの足がよろめき歪む円赤き日の丸丸の危うし

中庸を保つは異端ザビエルの口髭濃ゆし口ひげ固し

剝ぎとれば仮面の下に又仮面本当の顔はのっぺらぼうさ

おたからと言われて体撫でられき祖母の宝でありたる日々に

とある日の母の如くに鼻唄を歌いながらに厨に立てり

水玉のエプロンつけてまな板にあられ拍子木乱切り輪切り

幸運の受皿落とす昼下がり罅より幸の零るるはやし

巡らない因果巡らす天の腕巡りて我に応報巡る

ぷっつりと切れたる線を書き足して運命変ゆる掌の上

草の面にくさいろとなり土の面につちいろとなり虫は生くるも

クモの巣にかかる餌のなく蜘蛛の子は月光宿す夜露を飲めり

真夜中の枕に届くささやきは男雛女雛の夫婦の会話

さくら茶

さくら茶に桜開かぬ春でした縁の切れしは久遠に会わず

焼き付きし残像消えぬ眼裏が今宵痒がる微熱を帯びて

あの角に立っていたのは誰だろう息弾ませしことのみ覚ゆ

少しだけ待たせておこうあの木下花の香りに包まれるまで

待たれたる愛などなくて後手に結ぶエプロン蝶々結び

諦めた後に叶いし夢もある梅雨の晴れ間を玄鳥《つばくろ》飛べり

山の襞あらわに見ゆる雨上がり晴れて良きこともまた悪しきこと

大空をくまなく染めてゆっくりと夏至の太陽沈み始めつ

待つ人も待たせる人もなき街に用なく立てり夏至の夕べを

たった今星が生れたよかすかなる光が頬に届いたような

紅さ さぬ薄き唇閉じてまた開きて落とす小さき嘘を

見も知らぬお家《うち》に上がり一夜さを浅蜊は浸る食塩水に

しろたえのごはんに落とす生卵混ぜてたちまち黄金《こがね》の御飯

ただ一つ残るたまごが脇役の顔して坐る卵置場に

天使の寝床

綿雲は天使の寝床目覚しの雷様が遠くに鳴るよ
綿雲に羽根が絡んで飛べないと天使は泣いて空にとどまる

雨雲を呼んで天使は絡まった綿雲解く雨に溶かして

天上に住んでいるのは誰だろう光に紛れ溜息落ちる

少しだけ羽根が残っていますから僕の背中は見ないで欲しい

虹色の体欲しいとカラスの子人の子の吹くシャボン玉追う

追いかけてみても飲めないシャボン玉啄む前に弾けて消えた

黄の色の丸顔なあに退屈な月なき夜の森のなぞなぞ

あおそこひしろそこひまたくろそこひ眼科壁面底翳の写真

もう一つ帰るお家《うち》があったよな逢魔時の辻に迷えり

土間の如男はそこに立っている骨の間に狂気を隠し

「嚙むように飲め」と亡き師がとある日に吟醸一献注いでくれにき

糸瓜忌の今宵の酒は二人酒亡き師とさしで飲むちゃわん酒

びんぼうの冠つけて紹介をさるる貧乏絵描きの夫

空を蹴り空に吸われて空になり空と遊ぶよブランコ漕いで

虹を見たその目で僕を見るのかい遠い記憶の中の青空

雲の峰はやも崩れて滑落の子雲あやうし洋上の空

さみどりが濃みどりとなる季の間を逢瀬重ねつ短夜なれど

かの皇子が松に結びしみじか歌やまとの風が解きてゆけり

病床の子規に見入られ花房の足を竦めし瓶なる藤は

師匠ならとうの昔に死にました形見の俠気弟子に残して

雑兵でありし過去世の逃げ足の早さはあわれ今に残れり

氷旗はやも畳まれ栗まつり甘味処にくりの看板

父吹きて母吹かざりしハモニカが　銀《しろがね》鈍く光りているも

音痴なる父の吹きいしハモニカは音を正しく「旅愁」奏でき

母のため買う唱歌集表紙画のおかっぱ少女いがぐり少年

石田節

お下がりの亡き師のシャツを纏いたる夫が石田節にもの言う

初孫を祝いて飲まんシャンパンを「孫を歌うな」亡き師は言いき

孫歌を作りて師匠に叱らるる日を夢みしが師ははやも亡し

地図になき町を捜して行き暮るる野末に赤く咲く吾亦紅

面差しの亡き父に似る菊人形黄菊の甲冑纏いて坐る

詫び状に添えて来たれる菓子折の黒餡甘し白餡旨し

天国か浄土かいずれ細川廟玉子の墓に十字架あらず

宿題を抱えて下る残り世はカタンカタンと落ちてゆくなり

亡き父がブロック積みて作りたる塀が残れり写真の中に

茣蓙の上ままごと遊びの偽家族ごはんは白きからたちの花

死ぬ時は海の底だと信じてた浅蜊が砂を厨に吐けり

苦労して買いたる物を苦労して納いて苦労して捜し出す

一《ピン》の月一《いち》か八《ばち》かの日に生まれ背負う十字架重くもあらず

知らぬまに記憶すり替え初恋は美しかりし思い出となる

春の陽に産毛光らす横顔の愁いを薄くまといているも

はだいろのクレヨンに塗る母さんの肌は何故だか肌色ならず

朝採りの卵割る時かすかなる雷鳴れり巽の空に

鳥来月

鳥《とり》来《く》月《づき》朔日朝名を知らぬ鳥が音届く小寒き床に

噛みあてし砂に混じれる蛤の嘆きは汁とともに飲み込む

荷風忌の街を歩けば「柏餅売り切れました」のビラが吹かるる

火に油注いでみんか昼下がり道に男がくしゃみをしおり

夕焼けが耳打ちをする街の角帰る家なら一軒あるが

不器用な指に折られし折鶴が歪む翼の影を落とせり

翼など持っていたとて何になる飛び立つあてはどこにもないさ

橋のなき時に出会いしあの人に橋成りしより会うことのなし

道の上の置き去りの愛吹きあげて風は見知らぬ町へと運ぶ

この辻に拝みし石の道祖神いつしか消えて信号機立つ

失くしたる恋の顚末話し終え友はガリリとカンロ飴嚙む

ふいに落つる眠りの如くその時も来るべし闇に雨音届く

何度目の転職だろう若きらに混じりて励む事務補助作業

昨日貼りしテープに歪み多くして剝がしまた貼る表紙背表紙

安巳橋

安巳橋夏至の夕べを渡る時風が運べり陽の残り香を

やすみばしあんせいばしのいずれにて吾は渡るも川風受けて

呼び方はいずれでもよし安巳橋水色美《は》しきアーチを持てり

かの谷の蛍の魂か天上に星が瞬く息を合わせて

あの人の魂とって来よほたる死ぬほど甘い水あげるから

ふるさとの川に蛍をとりし夏一夏ごとに遠ざかりゆく

蚊帳の中蛍放ちて遊びいし夜長かりき夏長かりき

さよならと夏が手を振り南へと傷残すなく去りてしまいぬ

朝より飛蚊眼に現われて道案内の如先を行く

入れ替えた筈の心がいつのまに元に戻れり当然の如

言い訳を続くる口に突っ込めよ紅深きニッケの飴を

水の面に散り広がれるとりどりの紅葉の中の緑ひとひら

晩秋の日差しの中に下がりたる糸瓜はゆるきくびれを持てり

怒ることなくて淋しき日々にして棘美しきサボテン飾る

のっぺらぼう

忘れたることはなかったことなのさのっぺらぼうに耳たぶふたつ

さつまいもジャガイモ里芋泥被き厨の床にごろ寝している

寒すばる瞬く間を盗む如一つ星消ゆ命を終えて

痛きまで冬の陽の射す道の上無帽の人は手庇に行く

台に乗り爪先立ちて回しいし柱時計の金色の螺子

旧姓の母の名前の記されし文語の聖書本棚に立つ

魂が今入ったと跪き天使は告ぐる「受胎告知」に

汝が痛み分かち合う術なけれども包みてあげんその傷口を

まだ愛を待っているのか冬のくも雪片一つ落とさず消ゆる

一月は想い紅あきらめの二月は白いこだまが返る

昼寝より覚めれば窓をペガサスが雲の如くに横切りてゆく

裸銭尻ポケットに入れ自転車《チャリ》を漕ぎ石田比呂志は肥後に遊びき

その過程知らずかの日の昼下がり亡き師の意識遠ざかりけり

いないからいたんだとなり死者はまた思い出という部屋におさまる

なつかしい人にあったよコンビニの棚に仁丹髭の男爵

寅彦の魂出入りするらしき漱石旧居の庭の物置

塩の味

汗の味涙の味は塩の味一滴舐むる中指の先

春の鬱抱えて歩む街の角ホワイトカラーの卵が群るる

ほそみちにふるはるのあめかたむけた傘とかさとがかすかにふれつ

子のために幟あげしは遠き春鯉よ泳げよ甍を越えて

お話のように貧しく清らかに我等はありき哀しくありき

連翹の花咲く坂に陽の射して昇天する如上る人あり

王様の耳はロバではありません風を味方に欅は戦ぐ

悪人と呼ばれし者の無念また蘇我入鹿は仏拝みき

弓姿の弓をゆるめて梅雨のあめ降る日本に子の数減りぬ

傘の内紅深き唇があという形に開いたような

志遂げても残る一生にて燕は返る弧を描きつつ

北斎の波の向こうの富士の如男はいつも遠くに立てり

台風の起こりし南海上は父が命を拾いし海よ

兵たりし日に仰ぎたる星の名を父は教えき庭面に立ちて

パナマ帽

師が被り父が被りしパナマ帽パナマは遠し昭和は遠し

憧れを時は腐してゆくものを合歓のうす紅風に揉まるる

集合の場所と決めてた楠は故郷の丘に戦いでいるか

蟬の声緩くなりたるこの朝枕に届く陽はまだ強し

耳鳴りか虫の音雨音風の音夜半の耳たぶゆっくり開く

はらわたの煮えくり返るという時の腸の温度は何度だろうか

朝の日の射す棚の上王様の如くアルミのやかんの坐る

何となく広げてみたる手の平に生命線がおや伸びている

やわらかき光のような言葉なら入れてみようか心の洞に
幸福を噛みしめおれば淋しさの味とどこかが似ているような
〈百年の孤独〉をポットのお湯で割り薄い孤独にあたたまろうか

淋しさは伝染するから人混みを離れてひとりぼっちでいるよ

石をけり空缶けって帰る道誰か私を蹴ってくれぬか

どしゃぶりの雨の中へと傘を投げ肩いからせて帰りし日あり

ケ・セラ・セラ

ケ・セラ・セラ歌って笑って歩く道どんづまりなら引き返そうか

休日の三日続きし足の裏紅帯びて柔らかくあり

祖父と祖母初めて会いし冬の町小倉駅頭明治の雪よ

美しい愛なら棚に飾ろうかガラスケースに閉じ込めたまま

雨音を聞きつつ今宵雨占い雪に変われば願いが叶う

予感めく一つもなくて読みし「牙」二〇一一年二月号

声のみの亡き師の夢に起き上がる闇の中より「おい」と呼ばれて

何処より来たりし石か文鎮の役続けたり光沢増して

縁ありて降り立つ山陽松永駅鄙の光がホームに満つる

風の吹く見知らぬ駅に降り立てば見知らぬ私になるのでしょうか

いつの日も横目に見つつ通り過ぐ松田バナナ店小暗き店舗

終の言葉

笑顔にて我の名前を母呼びき終《つい》の言葉と知らず聞きしが

母すでに遺体となりて冷えびえとしたる霊安室に置かるる

一本の線香の緑鮮やかに立ちて一筋煙は上がる

いく枚も母の習字の反古を置くかなもじ細し仮名文字かなし

母の手の習字の反古に囲まれて棺の顔の穏やかにあり

口紅の色控えめに施さる死化粧にて母は旅立つ

娘らへ最後の贈り物の如母は美しき死に顔見する

母逝きし後の座敷の広くしてベッドの後の畳新し

母よりも祖母に甘えしこと多きわが幼年期病弱なりき

子規の如畳に届かざる花を幾たびか見き布団の中に

たわやすく舌に崩るる砂糖菓子恋しき人のいぬ幸福よ

羊羹を食むが合図のお見合いの席に亡き父ようかん食みき

口ずさむ歌は昔の流行歌《はやりうた》いく夜もラジオに聞きしかの歌

要普免年令不問作業員三名求ム青井黒板

益城町〈熊本地震〉

震源地上益城《かみましき》郡《ぐん》益城《ましき》町《まち》父生れし町父眠る町

プリンター、パソコン、テレビ突き上げて飛ばして落とすこの大き揺れ

号令をかけて足首曲げ伸ばし足上げ眠る今日車中泊

被災地となりしこの町夜明けより音溢れ出づ地にも空にも

ヘリコプター過ぎて救急車の過ぐる命を運ぶ確かな音に

飲食の減りて排泄また減りて簡素に生きる余震の中を

気象庁よりも確かな体感に震度を測る余震くる度

瓦礫また瓦礫の続く道の辺に恥じ入る如きなでしこの紅

大地震といふといえども無傷なる者いて無傷なるを自慢す

地震などなかったように鎮もれる小道の奥に家の崩るる

救援車ドライバーより見られおる我は被災地の被災者なるか

公園の木下に来たる救援車憩う如くにしばし止《とど》まる

ままごとのようだね夕餉紙の皿紙の器を畳に広ぐ

余震また余震の続く今宵食む救援カレーにじゃがいもゴロリ

ようやくに開店したるスーパーも欲しき物なく空手に帰る

我が欲しき物は即ち人も欲し空っぽの棚目立つ店内

あれほどに人の求めしおにぎりが割引シール貼られて並ぶ

大地震起こりて人ら騒ぐ間に伸びし草々緑鮮し

被災地の空に泳げる鯉二匹緋鯉真鯉は風にふくらむ

テント消え車の消えし空地には草立ち上がり草の花咲く

地震《ない》過ぎし空地に灯り点る如黄の花咲けり淡き灯なれど

ふいに落つる涙の訳はわからねど待宵草は朝に凋む

告ぐる者なければ愛を知ることもなかりき白粉花《おしろい》夜闇に匂う

縁

似て非なる緑と縁の文字なれど畳の縁は緑が多い

母死にて縁の切れたる豊肥線東海学園前駅ぽつり

常滑の急須は里になおありて母の如くに茶の間に坐る

亡き父に夫似てくること不思議同じ形に炬燵に坐る

泡の出ぬ平たき体になり果てし石けん坐る白色硬く

嘉永二年伊勢屋八重熊三歳に始まる墓誌に蜻蛉が止まる

我が先祖伊勢屋清兵衛伊勢講の元締なりき小さき町の

暗渠にも楽しきことのあるならん今日心地よき音たて流る

花の名を教えてくれし人遠く蕾を濡らし時雨の過ぎつ

からっぽの心を通り抜けてゆく時雨　凩　風花　疾風

ゆうぐれは歌のかけらが口を突く「誰か来んかなあ誰《た》あれも来るな」

ちょっくら

ちょっくらと言って出たきり戻らない男の好いた塩豆大福

納豆を食む夢の中納豆をこぼし慌つる現の如く

乾きたる庭の面の罅割れて冬は来たれり土の上にも

失った心は元に戻らないよく似る心落ちてはいぬか

愛知るは哀しきことよ北を指し辛夷の蕾今日を膨らむ

寒戻る雛の節句の菱餅の角を齧って疾風《はやち》が過ぐる

たくあんは音高くたて噛むものよ春昼深く猫が眠れり

我が時給に最低賃金迫り来て今日より上がる五十円ほど

目白来る窓の辺に寄り電卓を叩けり春の事務服を着て

陽の淡く射す昼下がり大根は笊にゆっくり縮み始むる

青葱のくたり寝そべる道の上春の埃の時おり上がる

余所者の顔に降り立つ故郷の駅に南と北の口生る

遠回りなれど北口より出でて木村商店覗きなどする

竹の柄の昔のはたき思えども思い出せないその先のさま

水無月

水無月の緑に抱かれ眠ろうか吐く息みどり吸う息みどり

切れ切れの記憶をつなぐ糸細くサルビア濡らし降る夜の雨

心ならあの夜盗んで欲しかった何もなきままただ朽ちてゆく

まばたきをしながら夜を待っている夏至の夕べの合歓の木の花

短冊の祈り届けてくれるなら風よ吹き来よ七夕飾りに

つめぞめと呼びて遊びし鳳仙花咲くを見て過ぐ摘むことのなく

人生の折り返し点はここなのか裏を返せばうらが新し

貧乏があんまり長く続くので隣の詩人は猫飼い始む

少年の日に子がくれしうす青のガラスの靴の中なる野ばら

永遠を知らぬ眼に流るるは人が銀河と名づけし星ら

吐息吐く如くに子雲切り離し体細れる雲の漂う

万葉みくじ

大吉にあらねど額田王の歌を引き当つ万葉みくじ

「これからがあなたの人生」おみくじに従いゆかん見知らぬ海へ

何度目の船出だろうか泥の舟沈めば泳ぐ泥にまみれて

腹括ることも忘れて生き来しが根なし草にも匂う花あり

冬の陽は木の洞深く射し入りて中より出づる若芽を包む

悪夢なら長くかかるよ覚めるまで時計が束の間息止めたよな

啄木忌亡き師を真似てあぐらかきひとり酒飲む独り言ちして

縁切りし人の風聞届く朝蓮《はちす》は開く水盤の中

肥前白石

祖母生れし肥前白石《ひぜんしろいし》田の中をクリーク走る光を乗せて

遠き日に祖母遊びしか麦畑に青き穂揺るる風渡る時

祖母の魂少女となりて還り来よもうすぐ菱も花を咲かすよ

肥前より肥後に嫁ぎし祖母にしてクリークなきは淋しかりしか

亡き人の俤連れてむらさきの風が吹き来る藤棚抜けて

キバナには負けるなシロバナタンポポよ埃被りて道端に咲け

負け方を知っているから強いのさシロバナタンポポ絮毛を飛ばす

たるませてきっちり編める蜘蛛の糸朝露のせて木の間に光る

五月の舟

悲しみは五月の舟に乗せてやれまどろみながら鳥が櫓を漕ぐ

たそがれの海よりさみし胸の内横切れる影は鷗にあらず

うらぶれた心は何に託そうかそらいろ薄き空の広がる

傷のなき一生はさみし丘の上風ならし鳴る風に吹かれて

むかしむかし子にお話を聞かせたる夜も遠い昔となりぬ

子に聞かす話はいつも子が主役お友達にはウルトラ太郎

孤独さえ知り得ぬままに終わる世か八手の花は色を持たない

祖父吸いし莨にその名覚えたる桔梗が咲けりさみしき色に

文語にて書かれし讃美歌美しく一人歌えり音をはずして

身を捩りバスとバスとが離合する旧道古りて通り少なし

てらてらと日の照る坂を朝上り昼に下りて用一つ終う

ゆうすげ

太郎雲湧きて次郎雲の湧く夏の大空雲押し合えり

うす紅の心であれば会えたでしょう合歓は戦げり葉を閉じし後

亡き母と見しゆうすげの咲く頃か阿蘇の外輪青く広がる

夕べには夕べの色となる阿蘇の遠山脈の中の夕すげ

深呼吸している白きソックスを染めて朝日は町を覆えり

行く先を知らぬ言葉は風まかせ誰の胸処に入るのでしょう

気まぐれな夜風に乗ってやって来る男の風聞露を纏えり

あの窓に入りし風が打つだろう　黒髪　うなじ　ま白き襟を

うろこ雲

一面のうろこ雲なりゆっくりと秋よ遊べよ大和の空に

フェンス這う蔦の緑も色褪せて秋はいつしか始まるらしも

ゆく道を今宵じゃまするもののなく胸張り空を渡る満月

夜空ゆく月にも渡る道ありて決まりし道に今宵も移る

もの言わずただ燃えている恒星を「お日様」と呼び人は尊ぶ

憧れの心にいつも聞きていし「恋はみずいろ」水色さみし

不似合な幸福ならば捨てようか夜闇に雪を待つ冬蛍

清き水最後に飲んで草の間に終わる蛍を粉雪包む

虚ろなる心に棲める鳥一羽飛びたつなかれその日来るまで

死者覆う布にも闇の押し寄せて灯明りの下白色深し

軍服の祖父と水兵服の父二葉の写真の二つの戦《いくさ》

年明けていまだ残れる電飾のサンタは急ぐ袋担ぎて

採る人も盗る人もなく地に落つる金柑の実は陽に輝けり

嫁役と母役終わり妻役は終身刑の如く続けり

わが生家郵便局となり代わり居間のあたりが窓口となる

亡き父と同じ所で音はずし我は唄うも「月の沙漠」を

あとがき

第一歌集から十九年を経て、やっと第二歌集を上梓することとなった。思ったより時間がかかったのは師石田比呂志が亡くなり、発破をかける者がいなくなったからである。しかし、石田さんが亡くなる少し前、「上野、おまえもそろそろ第二歌集を出さないといけないなあ」と言ってくれた。その頃色んな面で余裕のなかった私は返事をせず、言葉を濁してしまった。あれからずっと第二歌集を出さなくてはと思いながら今年やっと実現したのは実に恥ずかしい話である。

昨年から本腰を入れたが予想以上に時間がかかってしまったのは歌数の多さ

と構成に手間どったからである。構成は全体の流れを重視したつもりであったが必ずしも思い通りにはいかなかった。選歌は今迄石田さんに頼りきっていたため、改めて石田さんの存在の大きさを思い知らされた。

十九年の間には色んな出来事があった。二〇一一年に石田さんが亡くなり、東日本の大震災があり、所属結社の「牙」が解散した。二〇一六年には母が亡くなり熊本地震があった。その間、私は引越や転職を何度かしたが、気がつけばいつのまにか老いていた。老化は体力を失くすだけではない。気力、集中力も落ち、歌にも生活にも影響を及ぼすようになった。

そんな中でも希望が持てたのは若い頃からの夢であった文化的な雑多なものを取り込んだ雑誌「芽」を立ち上げることができたことだ。現在、出詠者は四人と少ないが絵や詩の作家にも協力してもらい、細々と続けている。「芽」を作ることができたのは「牙」で編集作業をしていたおかげである。

「牙」に助けてもらったのはそれだけではない。熊本地震の後、「牙」の元会員の方々から様々な援助を受けることができた。私の人生の大半を占めると言っても過言ではない「牙」からこんな思いがけないプレゼントを貰ったのは実に有難いことだ。

石田さんのすまいである長酣居での毎月の歌会も今では幻のようだ。石田さんが亡くなる数年前から石田さんの死を少しずつ頭にいれ、一人でも歌を続けられるようにしなくてはと思いながら呑気に構えていた。しかし予想よりずっと早く、あっけなく、石田さんは逝ってしまった。石田さんが倒れたあの日、長酣居へ向かいながら「今日がその日なんだ」と覚悟を決めたのが思い出される。

タイトルに雲を入れたのは小さい時からいつも空を眺めては雲に見入っていたからである。雲の上にはおとぎの国があり、かわいいお姫様が住んでいる。どうにかしてあの雲の上に乗り、お姫様と遊べないかと幼稚園の帰りに毎日思ったものだ。雲は私にとって憧れであり、夢であり、逃げ場であった。雲の行方は私の人生の行く先である。

本書は「牙」、「芽」、「虹」、短歌総合誌等に載った歌から選び収録した。やっと第二歌集を出す私を雲の上から石田さんはにが笑いしながら見ていることだろう。

最後になったが本書上梓にあたって歌友の協力と助言を得ることができた。また、六花書林の宇田川寛之様はじめスタッフの方々には本当にお世話になった。非力な私のために私のために尽力して頂いたことは有難い。深くお礼を申し上げる次第だ。

二〇一九年八月

上野春子

著者略歴

1952年　熊本県に生まれる
1988年　「牙」短歌会に入会　石田比呂志に短歌を学ぶ
1993年　「牙」編集委員となり解散まで続ける
2000年　歌集『虹の食べ方』上梓
2011年　師石田比呂志死去 「牙」解散
2013年　雑誌「芽」を立ち上げ代表となる

〒861-8039
熊本県熊本市東区長嶺南 3 - 8 - 47 - 102

雲の行方

2019年 9 月24日　初版発行

著　者――上 野 春 子

発行者――宇田川寛之

発行所――六花書林
〒170-0005
東京都豊島区南大塚 3 - 24 - 10 - 1 A
電 話 03-5949-6307
FAX 03-6912-7595

発売――開発社
〒103-0023
東京都中央区日本橋本町 1 - 4 - 9　ミヤギ日本橋ビル 8 階
電 話 03-5205-0211
FAX 03-5205-2516

印刷――相良整版印刷

製本――仲佐製本

ISBN978-4-907891-91-6 C0092